www.ingramcontent.com/pod-product-compliance
Lightning Source LLC
LaVergne TN
LVHW010440070526
838199LV00066B/6104
* 9 7 8 9 3 5 8 7 2 6 8 9 3 *

نو رتن کہانیاں

حصہ : ۱

(بچوں کی کہانیاں)

شمیم احمد

© Taemeer Publications LLC

Nau Ratan KahaniyaaN : Part-1

by: Shamim Ahmad

Edition: October '2024

Publisher :

Taemeer Publications LLC (Michigan, USA / Hyderabad, India)

ISBN 978-93-5872-689-3

9 789358 726893

مصنف یا ناشر کی پیشگی اجازت کے بغیر اس کتاب کا کوئی بھی حصہ کسی بھی شکل میں بشمول ویب سائٹ پر اَپ لوڈنگ کے لیے استعمال نہ کیا جائے۔ نیز اس کتاب پر کسی بھی قسم کے تنازع کو نمٹانے کا اختیار صرف حیدرآباد (تلنگانہ) کی عدلیہ کو ہوگا۔

©تعمیر پبلی کیشنز

کتاب	:	**نورتن کہانیاں : حصہ - ۱**
مصنف	:	**شمیم احمد**
صنف	:	ادب اطفال
ناشر	:	تعمیر پبلی کیشنز (حیدرآباد، انڈیا)
سالِ اشاعت	:	۲۰۲۴ء
صفحات	:	۴۲
سرورق ڈیزائن	:	تعمیر ویب ڈیزائن

فہرست : نورتن کہانیاں: حصہ - ا

(۱)	بزدل شیر	10
(۲)	عورت چیتا اور لومڑی	17
(۳)	شیر بچہ اور بڑھئی	23
(۴)	گانے والی بکری	28
(۵)	انوکھی تقسیم	31
(۶)	تین سوال ایک جواب	33
(۷)	کپڑوں کی دعوت	35
(۸)	اپنی قضا نہ جانی	37
(۹)	سو سنار کی ایک لوہار کی	40

نورتن کا تعارف

"نورتن" اُردو کے قدیم ادب کی ایک مشہور تصنیف ہے۔ اس میں مختصر داستانیں شامل ہیں۔ محمد بخش مہجور نے یہ کتاب اب سے کوئی پونے دو سو برس پہلے لکھی تھی۔ مہجور کے والد کا نام حکیم خیر اللہ تھا، جو رہنے والے تو تھے فتح پور ہسوا کے مگر بعد میں وہ لکھنؤ چلے آئے تھے اور وہیں مستقل طور پر رہ پڑے۔ لکھنؤ ہی میں محمد بخش مہجور پیدا ہوئے اور وہیں ان کی تعلیم و تربیت ہوئی۔ والد کی طرح خود بھی طبابت کا پیشہ اختیار کیا۔ جوانی ہی میں شاعری کرنے لگے تھے۔ پہلے شیخ قلندر بخش جرأت اور بعد میں مرزا خانی نوازش کے شاگرد ہوئے۔ مہجور لکھنؤ میں نفی گنج میں رہتے تھے۔ حج کے لیے خانۂ کعبہ گئے اور مدینۂ منورہ میں انتقال کیا۔

ہمارے ادب میں "نورتن" کی اہمیت کا اندازہ اس بات سے لگایا جا سکتا ہے کہ 1857 تک لکھنوی نثر کے سرمائے میں صرف تین کتابیں ہی اہم سمجھی جاتی تھیں۔ ایک تو یہی "نورتن" اور دوسری دو "فسانۂ عجائب" اور "بُستانِ حکمت"۔ "نورتن" اور "فسانۂ عجائب" کی ہمارے قدیم ادب میں اس وجہ سے بھی بڑی اہمیت ہے کہ یہ دونوں کتابیں عموماً طبع زاد سمجھی جاتی ہیں۔ طبع زاد سے مُراد یہ ہے کہ ان کے قصّے کسی اور زبان سے ترجمہ نہیں کیے گئے۔ یہ ضرور ہے کہ ان میں شامل بعض

حکایات مختلف جگہوں سے لی گئی ہیں۔ بعض ایسی ہیں جو بہت ہی قدیم زمانے سے سینہ بہ سینہ چلی آرہی ہیں، اور بہت مشہور ہیں۔ تاہم ان کی اکثر حکایات ان کے مصنفین کی طبع زاد لکھی ہوئی ہیں۔ 'فسانۂ عجائب' کی حکایات تو ایک ہی مرکزی قصے سے تعلق رکھتی ہیں جبکہ 'نورتن' کی تمام کہانیاں الگ الگ اور آزاد ہیں۔ اور ان کی ایک بڑی خوبی ان کا مختصر ہونا ہے۔ اس لحاظ سے دیکھا جائے تو 'نورتن' ہمارے ادب کی تاریخ میں بڑی اہمیت رکھتی ہے۔ دوسری بات یہ کہ 'نورتن'، 'فسانۂ عجائب' سے دس سال پہلے لکھی گئی۔

کتاب کا نام 'نورتن' رکھنے کی وجہ یہ ہے کہ مہجور نے اس کتاب میں نو باب قائم کیے ہیں اور ہر باب میں مختلف کہانیاں جمع کر دی گئی ہیں۔ یہ انتخاب چونکہ خاص بچوں کے لیے تیار کیا گیا ہے، اس لیے اس میں وہ باب شامل نہیں کیے گئے جو بچوں کے لیے نہ دلچسپ تھے اور نہ مناسب۔ ہم نے اس مجموعے میں صرف اُن کہانیوں کو شامل کیا ہے جو 'نورتن' میں تیسرے، پانچویں، چھٹے، ساتویں، آٹھویں اور نویں باب میں شامل ہیں۔ کہانیوں کی اہمیت اور دلچسپی کو ذہن میں رکھتے ہوئے ابواب اور ان کی کہانیوں کی ترتیب بھی بدل دی گئی ہے۔

'نورتن' کی زبان قدیم لکھنوی زبان ہے، اور کافی اُلجھی ہوئی اور مشکل۔ ہم نے چونکہ اس کے قصوں کو بچوں کے لیے ترتیب دیا ہے اس لیے ان کی زبان بالکل تبدیل کر دی گئی ہے۔ کوشش کی گئی ہے کہ یہ ساری کہانیاں ایسی سہل اور عام فہم زبان میں بیان کی جائیں کہ انھیں بچے بہ خوبی پڑھ اور سمجھ سکنے کے علاوہ ان سے پوری طرح لطف اندوز بھی ہو سکیں۔ ان کہانیوں کو آسان زبان میں پھر سے لکھتے وقت یہ کوشش کی گئی ہے کہ زبان مصنف کے اندازِ بیان سے ملتی ہوئی رہے۔ اس لیے ہو سکتا ہے کہ بعض لفظ آپ کے لیے مشکل ہوں لیکن اگر ان کا مطلب بھی معلوم نہ ہو تو

بھی کہانی کے لطف میں کمی نہیں آتی اور بات بہرحال سمجھ میں آجاتی ہے۔

ان کہانیوں میں سے اکثر کہانیاں سبق آموز یا سبق سکھانے والی ہیں، لیکن اس کے باوجود مہجور کی قدم قدم پر یہ کوشش رہی ہے کہ قصہ قصے کی حیثیت سے بھی زیادہ سے زیادہ دلچسپ رہے۔ اُس زمانے کی داستان گوئی کی عام روش کے لحاظ سے یہ بہت بڑی بات تھی۔

'نورتن' میں شامل بیشتر کہانیاں مصنف کی طبع زاد ہیں۔ لیکن کچھ ایسی بھی ہیں جو دوسرے ذریعوں سے مصنف تک پہنچیں۔ مثلاً اس انتخاب میں ایک کہانی اُن دو عورتوں پر مشتمل ہے جو ایک بچے کے لیے جھگڑا کرتی ہیں اور حضرت علیؓ ان کا جھگڑا چکاتے ہیں۔ اسی طرح کا فیصلہ حضرت سلیمان علیہ السّلام اور مہاتما گوتم بدھ کے ناموں سے بھی مشہور ہے۔ ایک اور کہانی میں رُوئی کے چور اپنی داڑھیوں کی وجہ سے پکڑے گئے۔ یہ بیربل کا ایک مشہور لطیفہ ہے۔ اس میں ایک کہانی گوشت کی شرط والی ایسی ہے جو انگریزی زبان کے ڈرامہ نگار شیکسپیر کے مشہور ڈرامے 'وینس کا سوداگر' (Merchant of Venice) میں بھی بیان ہوئی ہے۔ اس سے اندازہ ہوتا ہے کہ یہ قصہ مشرق و مغرب میں یکساں طور پر مشہور رہا ہے۔ اس طرح کی چند مثالوں کے سوا اکثر کہانیاں مہجور کی طبع زاد ہیں اور نہایت پُر لطف اور دلچسپ ہیں، جنھیں پڑھ کر اندازہ ہوتا ہے کہ ہمارے داستانوی ادب میں مہجور کس قدر اہم فسانہ گو تھا ــــ لیجیے! اب ان دلچسپ کہانیوں کو اپنے ہی زمانے کی زبان میں پڑھ کر آپ بھی لطف اُٹھائیے۔

شمیم احمد

نورتن کہانیاں
(پہلا حصہ)

عقل مندوں کی کہانیاں

بُزدِل شیر

یہ تو سبھی جانتے ہیں کہ شیر جنگل کا بادشاہ ہوتا ہے۔ ایسا ہی ایک شیر تھا، جو کسی جنگل میں رہتا اور وہاں راج کرتا تھا۔ اسی جنگل میں ایک بندر بھی رہتا تھا، جو شیر کے گھر کی ہر وقت نگرانی کرتا رہتا تھا۔ بہت دن تک ایک ہی جگہ رہتے رہتے شیر اُکتا گیا تو اس نے سوچا کہ چلو کچھ دن کہیں گھوم پھر آئیں۔ اس نے اپنے گھر کی دیکھ بھال بندر کو سونپی اور سیر سپاٹے کے لیے کہیں چلا گیا۔ ایک دو روز کے بعد اُدھر سے ایک سیاہ گوش کا گزر ہوا۔ اس کے ساتھ اس کے بیوی بچے بھی تھے۔ سیاہ گوش کو شیر کا گھر بہت پسند آیا۔ اس نے خوش ہو کر اپنی بیوی سے کہا۔

"اری نیک بخت! دیکھ تو سہی، ایسا سُندر بن تو ہم نے پہلے کبھی دیکھا ہی نہیں تھا،" شعر

آؤ اس جا پہ بود و باش کریں
اور گھر کس لیے تلاش کریں"

یہ بات کہہ کر سیاہ گوش نے بیوی بچوں سمیت شیر کے گھر میں ڈیرا جما دیا۔ یہ دیکھ کر چوکیدار بندر نے کہا۔

"اے سیاہ گوش! کیا تیری عقل ماری گئی ہے۔ دیکھتا نہیں کہ یہ گھر جنگل کے

مہاراجہ کا ہے۔ فوراً یہاں سے چلتا بن نہیں تو اے بے وقوف! تو خواہ مخواہ موت کے پنجے میں گرفتار ہو جائے گا۔"

بندر کے منھ سے یہ کڑوی بات سُن کر سیاہ گوش بولا۔

"ارے جا بندر مچھندر! کیا بکواس کر رہا ہے۔ آج سے نہیں، یہ جگہ ہمارے باپ دادا کے زمانے سے ہماری رہی ہے۔"

نِڈر سیاہ گوش کا یہ جواب سُن کر میاں بندر نے دل میں سوچا، معلوم ہوتا ہے کہ یہ سیاہ گوش ضرور کوئی بَلا ہے، جبھی تو اس طرح اکڑ کر بات کر رہا ہے، ورنہ شیر کا نام تو ایسا ہے کہ سُنتے ہی انسان اور حیوان سب کا پِتّا پانی ہوتا ہے۔ بندر تو یہ سوچ کر چُپ ہو رہا، اور چُپ چاپ وہاں سے کِھسک گیا، لیکن سیاہ گوش کی بیوی نے کہا۔

"یہ گھر جنگل کے شیر راجہ کا ہے، بہتر یہی ہے کہ یہاں سے اُٹھ چلیں، کسی اور جگہ جاکر بے فکری سے رہیں، بے فائدہ خطرہ مول لینے سے کیا حاصل۔"

اپنی بیوی کی یہ بات سُن کر سیاہ گوش بولا۔

"اے بی بی تو گھبراتی کیوں ہے؟ میں نے کوئی کچّی گولیاں تو کھائیں نہیں۔ جب شیر یہاں آئے گا تو میں وہ کرتب دکھاؤں گا کہ وہ یہاں سے دُم دبا کر بھاگ جائے گا۔"

اس کی بیوی یہ سُن کر حیران ہوئی۔ پھر کچھ سوچ کر بولی۔

"میاں جی! کہیں تمھارے ساتھ بھی گیدڑ اور بھیڑیے کا سا معاملہ نہ ہو جائے۔"

سیاہ گوش نے بے چین ہو کر پوچھا۔

"اے بی بی! وہ گیدڑ اور بھیڑیے کا کیا معاملہ ہے؟"

سیاہ گوش کی بیوی نے جواب دیا۔

"میاں جی! جو میں کہتی ہوں، دھیان سے سُنو اور اس قصّے سے سبق لو۔"

گیدڑ اور بھیڑیے کا قصّہ:

کہتے ہیں ایک بار ایک بھیڑیا کسی گیدڑ کا شکار کرنے کو اس کے پیچھے لپکا، لیکن خوش قسمتی سے، گیدڑ اُس کے ہاتھ نہ آیا اور بھاگ گیا۔ اب تو بھیڑیے کو بڑا غصّہ آیا۔ اُس نے اپنے دل میں یہ ترکیب سوچی کہ چُپکے سے گیدڑ کے گھر میں گھُس کر بیٹھ جانا چاہیے! آخر جائے گا کہاں؟ ہر پھر کر آئے گا تو اپنے گھر ہی میں، تب لپک کر اُس کی گردن دبوچ لوں گا، اور خوب مزے لے لے کر اُس کا گوشت کھاؤں گا۔ بھیڑیا اپنی اس ترکیب پر بڑا خوش ہوا، اور دبے پاؤں گیدڑ کے گھر میں جا چھُپا۔ دوپہر میں گیدڑ بے فکری سے ٹہلتا ہوا اپنے گھر کی طرف آیا، وہ اندر گھُسنا ہی چاہتا تھا کہ کیا دیکھتا ہے کہ اُس کے گھر کے دروازے پر انجان پاؤں کے نشان ہیں۔ یہ نئی بات تھی۔ اُسے خطرے کا احساس ہوگیا اور وہ دروازے پر ہی ٹھٹک کر رہ گیا

اور دل میں لگا یہ کہنے بات
گھر میں بیٹھا ہے اب کوئی بد ذات
کیجیے اُس سے ایسی اب حرفت
جس میں اس کی چلے نہ اک فطرت

گیدڑ کو اب ایک نرالی ترکیب سوجھی۔ اُس نے آواز لگائی۔

"اے میرے بے در گھر! میں بے خبر اس وقت تجھ میں آؤں یا نہیں؟"

گھر کے اندر بیٹھے ہوئے بھیڑیے کو گیدڑ کی یہ بات کچھ عجیب سی لگی، پر وہ جواب میں کچھ نہ بولا، چُپکا بیٹھا رہا۔ کچھ دیر بعد گیدڑ نے پھر ہانک لگائی۔

"کیوں میرے بے در گھر! میں بے خبر آؤں یا نہ آؤں؟ کیونکہ میرے اور تیرے درمیان سوال و جواب کی یہ رسم پُرانی ہے۔ یوں کہ پتھر کی بُنیاد مٹی سے ہے اور

پہاڑ کی بُنیاد پتھر پر قایم ہے، اور تُو جانتا ہے کہ پہاڑ کی رسم سوال و جواب کی ہے، یعنی جب کوئی پہاڑ تلے سے آواز دیتا ہے تو پہاڑ بھی پیاری آواز میں اس کا جواب دیتا ہے۔ سو اب تو جواب دے کہ میں تیرے اندر آؤں یا نہ آؤں؟"

گیدڑ کی یہ باتیں سُن کر بھیڑیا دل میں سوچنے لگا۔ معلوم ہوتا ہے کہ اس گیدڑ کے گھر کی یہی رسم ہے کہ جب یہ گھر آنے کو کہتا ہے تو آنے والا آتا ہے، نہیں تو نہیں آتا۔ اگر اب کی بار وہ اس گھر سے آواز نہ سُنے گا تو ہرگز نہیں آئے گا اور میرے ہاتھ سے نکل جائے گا۔ بہتر تو یہ ہے کہ یہ بد ذات گیدڑ اب جو آواز دے تو میں فوراً جواب دوں۔ میاں بھیڑیے دل میں یہ بات سوچ کر تیار بیٹھے ہی تھے کہ گیدڑ نے پھر آواز دی۔

"اے میرے گھر! آج تُو مجھ کو جواب کیوں نہیں دیتا ہے؟" بھیڑیے نے گیدڑ کی آواز سُنتے ہی جھٹ جواب دیا۔

"آجا بھائی! میں تیرا ہی گھر ہوں۔ بے دھڑک چلا آ۔"

گیدڑ نے جو اپنے گھر کے اندر سے اُس بھیڑیے کی آواز سُنی تو ناچتا گاتا بھاگ کر اُس چرواہے کے پاس پہنچا جو اس بھیڑیے کا جانی دشمن تھا۔ چرواہا بھیڑیے کا اتہ پتہ معلوم کر کے جھولی میں بہت سارے پتھر ڈال کر سیدھا وہاں آیا اور گیدڑ کے گھر پر بے تحاشا پتھر برسانے لگا۔ آخر کار پتھروں کی مار کھاتے کھاتے بھیڑیا مر گیا۔"

یہ قصہ سُنا کر سیاہ گوش کی بیوی نے کہا۔

"تو اے میاں جی! مجھے ڈر ہے کہ تُو جو اُس بھیڑیے کی سی حرکت کر رہا ہے کہیں یہ ہم سب کے لیے مصیبت نہ بن جائے۔"

بیوی کی یہ بات سُن کر سیاہ گوش نے جواب دیا۔

"اے نیک بخت! وہ بھیڑیا گدھا تھا، اُس بے وقوف کی سمجھ میں اتنا بھی نہ آیا کہ مٹی کا گھر بھی کہیں بولتا ہے، جو گیدڑ کو جواب دیتا۔ سیدھی سی بات تھی کہ وہ جس طرح چُپ چاپ بیٹھا تھا، اُسی طرح بیٹھا رہتا۔ گیدڑ دو چار بار اور آواز لگاتا جب کچھ جواب نہ پاتا تو اس کے دل سے گھر کے سامنے پیروں کے نشان کا وہم نکل جاتا، اور بے دھڑک اپنے گھر میں گھُس جاتا۔ تب بھیڑیا اُس کو پکڑ لیتا اور اُس کی ہڈیاں چبا جاتا۔"

ابھی سیاہ گوش اور اُس کی بیوی میں یہ باتیں ہو ہی رہی تھیں کہ ایک طرف سے شیر کے دہاڑنے کی آواز آئی۔ دل دہلا دینے والی شیر کی یہ آواز سُن کر سیاہ گوش کی بیوی نے کہا۔

"میاں جی! اب بھی کچھ نہیں گیا ہے، اچھا ہے کہ فوراً یہاں سے بھاگ چلیں۔ مفت جان دینے سے کیا حاصل؟"

"اے نیک بخت! تو بالکل خوف نہ کھا۔" سیاہ گوش نے دلاسا دیتے ہوئے جواب دیا۔ "بس تو ایک کام کیجو! جس وقت شیر کی آواز بالکل گھر کے پاس آئے تو تو اِن بچوں کو رُلا دینا۔ پھر آگے میں سمجھ لوں گا۔" پھر بیوی کے کان میں کچھ کہا۔

تھوڑی ہی دیر بعد شیر دہاڑتا ہوا اپنے گھر کے قریب آ پہنچا۔ سیاہ گوش کی بیوی نے اپنے میاں کی بتلائی ہوئی ترکیب پر عمل کرتے ہوئے بچوں کو رُلا دیا۔ بچوں کے رونے کے بعد سیاہ گوش بولا۔

"اے نیک بخت! یہ بچے آج بے وقت کیوں رو رہے ہیں؟"

سیاہ گوش کی بیوی نے جواب دیا۔

"اِن کم بختوں کو تو نے شیر کے گوشت کی جو چاٹ لگا دی ہے، سو یہ شیر کی بو سونگھ کر اپنی من پسند غذا مانگ رہے ہیں۔ ویسے تو کل ہی تو ہاتھی گینڈوں کو

شکار کر کے لایا تھا جن کا ڈھیر سارا گوشت گھر میں رکھا ہوا ہے، مگر شیر کا گوشت کھائے بغیر ان کی بھوک ہی نہیں مٹتی۔"

یہ بات سن کر سیاہ گوش نے کہا۔

"یہ کون سی مشکل بات ہے۔ ان کو دلاسا دے دے، خدا سب کو رزق پہنچاتا ہے۔ مثل مشہور ہے:

خدا شکر خورے کو شکر دیتا ہے۔

یعنی خدا نے ان کی دل پسند غذا بھیج دی ہے۔ بس پل بھر میں شیر کا تازہ تازہ گوشت لاکر انہیں کھلاتا ہوں۔"

جنگل کے مہاراج ادھیراج میاں شیر نے جو یہ بات سنی تو مارے ڈر کے سہم گئے، اور دل میں سوچنے لگے۔

'یہ تو کوئی بہت خطرناک بلا معلوم ہوتی ہے۔'

اس خیال کا آنا تھا کہ شیر ناک کی سیدھ میں بھاگ کھڑا ہوا۔ اس کے گھر کے رکھوالے بندر نے جو یہ ان ہونی بات دیکھی تو وہ بھی شیر کے پیچھے پیچھے بھاگتا جاتا تھا اور کہتا جاتا تھا۔

"اے مہاراج! ٹھہرو تو! ذرا میری بات تو سنو! اس قدر بے حواس ہو کر کیوں بھاگے جا رہے ہو؟" مگر شیر نے ایک نہ سنی اور بھاگا ہی چلا گیا۔ بندر بھی اس کے پیچھے بھاگتا رہا۔ اس نے پھر آواز دی۔

"ارے بھائی! ذرا رک جاؤ! اور میری بات سن لو۔"

شیر دم بھر کے لیے رک گیا۔ تب بندر نے کہا۔

"ایک بالشت بھر کمزور جانور سے جنگل کے راجہ کو یوں ڈرنا نہیں چاہیے۔ کہیں ہاتھی بھی چیونٹی سے ڈرتا ہے۔ تم شیر ہو کر ایک کمزور سیاہ گوش کے ڈر سے

بھاگ رہے ہو؟"

بندر کی یہ باتیں سُن کر شیر کی کچھ ہمت بندھی، اور وہ اپنے گھر کی طرف لوٹا۔ سیاہ گوش نے جو دیکھا کہ دُشمن نے پھر اِدھر کو منہ پھیرا تو اپنی بیوی سے کہا۔

" ذرا بچوں کو پھر اُسی طرح رُلا دینا، پھر دیکھ اللہ کی قدرت کا کیا تماشا نظر آتا ہے۔"

سیاہ گوش کی بیوی نے شیر کے نزدیک آتے ہی بچوں کو پھر رُلا دیا۔ سیاہ گوش نے بچوں کے رونے کی آواز سُن کر کہا۔

"اے بی بی! تو آخر بچوں کو تسلّی کیوں نہیں دیتی۔ اِتنا کیوں گھبراتے ہیں۔ شیر میرے چنگل سے بچ کر جا کہاں سکتا ہے۔ یہ بندر مچھندر میرا بڑا پُرانا اور وفادار یار ہے۔ ابھی دیکھنا کہ بھاگے ہوئے شیر کو کس ہوشیاری اور مکاری سے بہلا پھسلا کر واپس لاتا ہے۔ بس ذرا میرے سامنے آنے دے، پھر دیکھتا ہوں کہاں بچ کے جائے گا۔ اللہ نے چاہا تو پَل بھر ہی میں اُس کا تازہ گوشت لا کر اِن کو کھلاتا ہوں۔"

اب جو شیر نے یہ بات سُنی تو کہا۔

"کیا خوب! دُشمن کہاں؟ بغل میں۔ یہ مکّار بندر مچھندر اِسی واسطے مجھے سمجھا کے لایا ہے کہ میں تو مارا جاؤں اور خود بچا رہے۔" یہ کہہ کر شیر نے ایک زور دار تھپّڑ بندر کے ایسا جڑا کہ اُس کی جان ہی نکل گئی، پھر ایسا سرپٹ بھاگا کہ میلوں اور کوسوں پلٹ کر نہیں دیکھا۔

عورت، چیتا اور لومڑی

ایک بدنصیب آدمی کی بیوی بڑی جھگڑالو تھی۔ ایک بار وہ اپنے میاں سے جھگڑا کر کے اپنے دونوں چھوٹے بچوں کو ساتھ لے کر گھر سے نکل گئی اور ایک لق و دق جنگل میں جا پہنچی۔ اتنے میں رات ہو گئی اور چاروں طرف گھٹا ٹوپ اندھیرا چھا گیا۔ وہ عورت دونوں بچوں سمیت ایک درخت کے نیچے بیٹھ گئی۔ جنگل بڑا ہولناک تھا۔ ہر طرف وحشت برس رہی تھی۔ اب تو عورت کو بہت ڈر لگا۔ مارے ڈر کے اُس کے ہوش اُڑ گئے۔ اب تو وہ بہت پچھتائی کہ اُس نے یہ کیسی بے وقوفی کی۔ دل ہی دل میں خود کو کوستی تھی، اور کہتی تھی مجھ کم بخت کو بیٹھے بٹھائے یہ کیا سوجھی کہ یہ طوفان اُٹھایا، میاں سے جھگڑا کیا اور اس مصیبت میں گرفتار ہوئی۔ اللہ کرے کہ جلدی سے صبح ہو جائے کہ یہاں سے اُٹھ کر اُلٹے پیروں سیدھی گھر جاؤں۔ توبہ توبہ! اب کبھی ایسی حرکت نہ کروں گی۔ میاں کا کہا نہ ٹالوں گی، ہمیشہ اُن کی بات مانوں گی۔

غرض یہ کہ وہ عورت دل ہی دل میں توبہ تِلّا کر رہی تھی کہ اچانک ایک خونخوار چیتا اُس کے سامنے آ کھڑا ہوا۔ چیتے کو دیکھتے ہی اُس کے ہوش و حواس جواب دینے لگے۔ لیکن ذرا ہی دیر میں اس نے خود پر قابو پا لیا اور دِل میں بولی۔

پھیرنا مُنھ کو نہ اب چاہیے مرجانے سے جو بھی ہونا ہے وہ ٹلتا نہیں

سو اُس عورت نے ہمت کر کے چیتے سے کہا۔

"اے چیتے! آ، میرے قریب آ، اور میری ایک ضروری بات سُن جا۔ تیرے دل کی مُراد پوری ہوگی۔"

عورت کی اِس ہمت پر چیتے کو بڑا تعجب ہوا، بولا۔

"اے عورت! وہ کون سی نرالی بات ہے، جو تو مجھے سُنانا چاہتی ہے؟"

عورت نے جواب دیا۔

"اے چیتے! بس کچھ نہ پوچھ۔ اِس جنگل کے شیر نے میرے شہر پر موت کا وہ پنجہ چلایا کہ سارا شہر تباہ و برباد ہو جانے کا خطرہ پیدا ہو گیا۔ آخرکار شہر کے سارے باشندوں نے آپس میں بیٹھ کر یہ مشورہ کیا کہ شیر کھانے کو تو ایک وقت میں دو تین آدمی کھا جاتا ہے، لیکن اِس سے تمام شہر میں خواہ مخواہ دہشت پھیل جاتی ہے، اِس سے تو یہ بہتر ہے کہ شیر کے کھانے کے لیے روز کے تین آدمی مقرر کر دیے جائیں تاکہ اس مستقل آفت سے باقی شہر تو بچا رہے۔ سو، اے چیتے! آج کے روز مجھ غم کی ماری کی باری ہے، اِس واسطے اِس ہولناک جنگل میں دونوں بچوں سمیت آئی ہوں۔ لیکن اے چیتے! میں دل جلی، درویشوں کی اولاد سے ہوں۔ مجھ سے کوئی مایوس نہیں جاتا۔ اگر اِس وقت تو میرے مزے دار گوشت سے اپنا پیٹ بھرنا چاہتا ہے، تو کوئی حرج نہیں! آ اور مجھے کھا لے۔ میں بھی یہی چاہتی ہوں، مگر ایک بات کا خیال رکھنا۔ تو صرف ایک بچے کو اور آدھا مجھ کو بخوشی کھا سکتا ہے۔ اور میرا آدھا وجود اور دوسرا بچہ تجھے شیر کے واسطے چھوڑنا ہوگا کیونکہ میں مصیبت کی ماری اُسی کے واسطے اِس جنگل میں آئی ہوں۔"

عورت کی یہ عجیب بات سُن کر چیتا دنگ رہ گیا۔ بڑے تعجب سے وہ بولا:

"اے نیک عورت! تجھ سی سخی عورت ہم نے آج تک نہیں دیکھی، جو یوں اپنے دشمن کو کھانے کی چیزیں مہیا کرے۔ شعر

یہ سخاوت کہیں نہیں دیکھی
تجھ میں اے نیک بخت ہے جیسی"

چیتے کی یہ بات سُن کر عورت نے جواب دیا۔

"اے میرے چھیتے چیتے! درویشوں کے لیے یہ کوئی عجیب بات نہیں۔ درویشوں کے تو ایسے ہزاروں لاکھوں قصّے ہیں، تو کہاں تک سُنے گا، اور میں کہاں تک سُناؤں گی! پر اے پیارے چیتے! اِن باتوں سے اب فائدہ بھی کیا، آج تو مجھے مرنا ہی ہے، میرا گوشت پوست سب برباد ہو جائے گا۔ اگر شیر نے کھایا تو کیا، اور تو نے کھایا تو کیا۔ لیکن اے چیتے! تو مجھ کو کھا کر یہاں سے جلدی بھاگ کھڑا ہو، کیوں کہ شیر کسی کا جھوٹا شکار کبھی نہیں کھاتا، البتہ اُس کا مارا ہوا شکار ہر کوئی جانور، چرند اور پرند کھا لیتا ہے۔ اِسی لیے کہہ رہی ہوں کہ جب شیر یہ سُنے گا کہ میرا شکار چیتا کھا گیا ہے تو پھر اِس جنگل میں تیری اور تیرے بیوی بچّوں کی خیر نہیں۔"

چیتے نے جو شیر کا نام سُنا تو دُم دبا کر ایسا سرپٹ بھاگا کہ کئی کوس تک پلٹ کر دیکھنے کی ہِمّت نہ ہوئی۔

راستے میں اُسے ایک لومڑی ملی۔ اُس نے دیکھا کہ ایک بدحواس چیتا بھاگا چلا جا رہا ہے، وہ چیتے کے سامنے آئی اور اُسے روک کر بولی۔

"اے بھائی ذرا دَم تو لے۔ ہونقوں کی طرح ایسا سرپٹ کہاں بھاگا جا رہا ہے؟"

چیتے نے رُک کر ہانپتے کانپتے لومڑی کو اُس مکّار عورت اور شیر کا قصّہ سُنایا۔

لومڑی یہ قصّہ سُن کر مُسکرائی اور چیتے کو لعنت ملامت کرتی ہوئی بولی۔

"واہ رے میرے شیر! مجھے تیری دلیری اور غرور میں تو کوئی شک نہیں، پر عقل سے تو ضرور خالی ہے۔ سچ ہے! اللہ تعالیٰ نے دماغ اور عقل کی دولت انسان جیسی کمزور مخلوق ہی کو عطا کی ہے۔ ارے بے وقوف! تو ایک مکار عورت کے فریب میں ایسا آگیا کہ تیرے ہوش ہی اُڑ گئے۔ میری بات مان اور اگاڑی سے مُنھ موڑ کر پچھاڑی کو چل۔ ہاتھ آیا ہوا شکار یوں مفت ہاتھ سے نہ جانے دے۔ بے وقوف! ایسے ترلقمے کو کوئی ہاتھ سے یوں کھوتا ہے۔ چل! آ میرے ساتھ، تیرے طفیل میں بھی آج خوب پیٹ بھر کے کھاؤں گی اور تیرے لیے دعا کروں گی۔ مثل مشہور ہے —— جس کا کھائے اُس کا بجائے۔"

چیتے نے لومڑی کی یہ بات سُن کر جواب دیا۔

"اے پیاری پیاری لومڑی! تو کہتی تو ٹھیک ہے، اور میں واپس پلٹ بھی سکتا ہوں، پر مجھے شیر سے بہت ڈر لگ رہا ہے، خواہ مخواہ وہ بَلا کی مانند میرے پیچھے پڑ گیا تو اُس کے پنجے سے بچ نکلنا بہت مشکل ہے۔ تیرا کیا، تو اپنے بِل میں چُھپ کر بچ جائے گی۔"

لومڑی نے چیتے کی یہ بُزدلانہ بات سُن کر کہا۔

"اے چیتے! اگر تجھے میری اِس بات پر بھروسا نہیں ہے، تو ایک کام کر۔ میرا پاؤں اپنے پاؤں سے مضبوط باندھ لے، اور اُس مکّار عورت کے پاس بے کھٹکے چل۔ اگر اُس گھڑی شیر آجائے تو مجھے تو اُس کے آگے پھینک کر بھاگ جانا۔"

آخر چیتے نے لومڑی کے مشورے پر عمل کرتے ہوئے اپنے پاؤں سے لومڑی کے ایک پاؤں کو باندھا اور دونوں گھسٹتے ہوئے عورت کے پاس آئے۔ عورت نے جو یہ عجیب رنگ ڈھنگ دیکھا، تو وہ فوراً بولی۔

"اے چیتے! خوب، بہت خوب! سچ ہے! اِسے کہتے ہیں رزق! تو پھر آپ سے

آپ میرے پاس آگیا، ورنہ میں تو تیرے سامنے شیر کی من گھڑت کہانی کہہ کر بہت شرمندہ تھی اور پچھتا رہی تھی کہ غیب سے آیا ہوا رزق مفت ہاتھ سے کھو دیا! اے چیتے! سچی بات یہ ہے کہ میں ایک جادوگرنی اور ڈائن ہوں۔ جنگل جنگل جاکر موٹے تازے شیر اور چیتوں کے گوشت کے کرکرے کباب کھاتی ہوں، یہ میری پسندیدہ خوراک ہے۔ ہاتھیوں اور گینڈوں کے گوشت کا جب تک شوربہ نہیں پی لیتی تب تک کچھ مزہ نہیں آتا۔ اور تو جو یہ بالشت بھر کی لومڑی کو اپنے ساتھ لایا ہے، تو اس سے تو میری داڑھ بھی گرم نہ ہوگی۔ بقول شخصے ــــــ

اونٹ کے منھ میں زیرہ!

ہاں! اس کی نرم نرم اور پتلی پتلی ہڈیاں میرے بچے بڑے چاؤ سے کھالیں گے۔"

لومڑی نے جو یہ دہشت ناک بات سنی تو اس کی سٹی گم ہوگئی اور کانپتے ہوئے چیتے سے بولی۔

"اے چیتے! سچ مچ یہ عورت تو کوئی آسمانی 'بلا' اور ناگہانی آفت معلوم ہوتی ہے۔ اگر تو اپنی جان کی امان چاہتا ہے تو یہاں سے فوراً سر پر پاؤں رکھ کر بھاگ چل۔"

چیتا تو پہلے ہی ڈرا ہوا تھا، لومڑی کی بات سنتے ہی بھاگ کھڑا ہوا۔ لومڑی جو چیتے کے پاؤں سے بندھی تھی، گھسٹنے سے بری طرح زخمی ہوگئی۔ اس کا سارا بدن چھل گیا۔ لومڑی سے جب یہ تکلیف برداشت نہ ہوئی تو بولی۔

"اے چیتے! ذرا آہستہ بھاگ! دیکھ تو سہی میں لہولہان ہوگئی۔"

چیتا بولا۔

"اے لومڑی! یہ کیا غضب ہے کہ تو نے اپنے آپ کو میرے پاؤں سے بندھوایا، میں تو خود تیری وجہ سے جیسا چاہیے ویسا بھاگ نہیں سکتا۔ اگر اس حالت میں وہ جادوگر عورت ہم پر چڑھ دوڑی تو ایک ہی آن میں مجھے اور تجھے چٹ کر

جائے گی۔"

غرض کہ لومڑی نے جیسے تیسے کرکے اپنے آپ کو چیتے کے پاؤں سے چھڑایا اور لپک کر اپنے بل میں جا چھپی اور چیتا وہاں سے ایسا بھاگا کہ کہیں پتہ نہ لگا۔

صبح ہو گئی، تو عورت کے بھی ہوش و حواس بجا ہوئے۔ فوراً وہاں سے اٹھی اور دونوں بچّوں کو لے کر اپنے گھر واپس آگئی۔

شیر بچّہ اور بڑھئی

ایک دفعہ کا ذِکر ہے کہ ایک شیر نے اپنے بچّے کو نصیحت کی کہ' بیٹا تو کبھی کِسی بھی جنگلی جانور اور دریائی حیوان سے خوف نہ کھا مگر جلّاد صفت انسان کے پاس ہرگز نہ جانا کیونکہ سب آدمی بڑے پُر آفت اور خطرناک ہوتے ہیں۔ شعر

ایک ادنیٰ ہے ان کی یہ تقریر
جس کو چاہیں کریں سُخن میں اسیر

کچھ دنوں بعد کی بات ہے کہ جب وہ شیر بچّہ کچھ سمجھ دار ہوا تو ایک روز جنگل کی سَیر کو نکلا۔ راستے میں اُسے ایک ہاتھی نظر آیا۔ شیر بچّہ ہاتھی کو دیکھ کر سہم گیا۔ اُدھر ہاتھی بھی شیر بچے کو دیکھ کر بہت ڈرا۔ شیر بچّے نے جو ہاتھی کو ڈرتے دیکھا تو اُس نے سوچا۔ معلوم ہوتا ہے کہ یہ آدم زاد نہیں ہے، بلکہ کوئی جنگلی جانور ہے۔ پھر بھی اُس نے آگے بڑھ کر ہاتھی سے پوچھا۔

"کیوں بھئی! سچ بتا، تو آدمی ہے یا کوئی اور جانور ہے؟"

اُس ہاتھی نے جواب دیا۔

" اے بھائی شیر! آدمی زاد بہت جلّاد ہوتے ہیں۔ اِس لمبے تڑنگے اور چوڑے چکلے قد و قامت کے باوجود ہم بھی اُن سے ہر وقت ڈرتے ہیں۔ قِسمت کے مارے اگر کبھی دھوکے سے ہم اُن کے ہاتھ آجاتے ہیں تو وہ ہم پر بیٹھ کر خوب

سواری کرتے ہیں، اور تیز اور نوکیلی آنکس سے ہمارا سر خونا خون کر دیتے ہیں۔ شعر

کسی کو خدا ان سے ڈالے نہ کام
وہ ہیں الغرض سب کے سب نیک نام"

ہاتھی سے یہ گفتگو سن کر شیر بچہ جب کچھ اور آگے بڑھا تو اُسے اب کی بار ایک بے نکیل اونٹ نظر آیا۔ اونٹ کو دیکھ کر شیر بچہ ڈر گیا اور دل میں سوچنے لگا: "یہ تو ضرور ہی آدمی زاد ہوگا کیونکہ اس کے ہاتھ پاؤں بڑے لمبے لمبے ہیں"۔ یہ سوچ کر وہ ذرا دیر چپ چاپ کھڑا رہا۔ اُدھر میاں اونٹ نے جو شیر کی صورت دیکھی تو مارے ڈر کے اُن کی سِٹّی گُم ہو گئی۔ آخر کار شیر بچے نے اپنے ہوش و حواس جمع کیے اور اونٹ سے پوچھا۔

بھئی! "کیا تو انسان ہے؟"

اونٹ نے جواب دیا۔

"اے یارِ غم خوار! آدمی زاد ایسے جلاد ہوتے ہیں کہ اگر ہم کبھی اُن کے ہتھے چڑھ جاتے ہیں تو وہ ہماری ناک میں نکیل ڈال دیتے ہیں اور ہماری پیٹھ پر منوں بوجھ لاد کر جہاں چاہتے ہیں، وہاں لیے پھرتے ہیں۔ شعر

کوئی اُن سے ہرگز بر آتا نہیں
کوئی آنکھ اُن سے مِلاتا نہیں"

اونٹ کی زبانی یہ گفتگو سُن کر شیر بچہ آگے بڑھ گیا۔ اب کی بار ایک پہاڑی کے نیچے اُسے ایک بیل نظر آیا۔ بیل کو دیکھ کر شیر بچے نے سوچا: "شاید یہی آدمی زاد ہے"۔ یہ سوچ کر وہ مارے ڈر کے کھڑا ہو گیا۔ اُدھر بیل نے بھی جب شیر بچے کو دیکھا تو بہت ڈرا۔ اِس بار پھر شیر بچے نے ہمّت کر کے بیل سے پوچھا۔

"اے یارِ غم خوار! سچ بتا تو آدمی زاد ہے یا کوئی اور چیز ہے؟"

بیل نے بھی وہی جواب دیا جو ہاتھی اور اونٹ نے اس سے پہلے دیا تھا۔ اُس نے کہا۔

"اے بھائی شیر! آدم زاد نہایت جلاد ہوتے ہیں۔ اگر ہم بدقسمتی سے اُن کے ہاتھ پڑ جاتے ہیں تو ہماری ناک میں رسّی ڈالتے ہیں، گاڑی میں جوتتے ہیں اور اس کے علاوہ اور بھی بہت سے کام ہم سے لیتے ہیں، اس کے بعد دن رات کی محنت کرتے کرتے جب ہم مرجاتے ہیں تو بُڈھے اور جوان ہماری کھال کی جوتیاں پہنتے ہیں۔"

بیل کی بات سُن کر بھی شیر بچّہ مایوس ہوا۔ اور آگے بڑھ گیا۔ اس بار سچ مچ انسان سے اُس کا سامنا ہوا۔ یہ انسان ایک بڑھئی تھا، جو کندھے پر اپنے اوزار رکھے ہوئے کسی گاؤں کی طرف جا رہا تھا۔ شیر بچے کی جو نظر بڑھئی پر پڑی تو وہ سہم گیا۔ بڑھئی نے شیر بچّے کو دیکھ کر اندازہ کرلیا کہ وہ میرے ڈر سے دُم دبا رہا ہے، تو وہ بے جھجھک آگے بڑھ گیا۔ شیر بچے نے سوچا' یہ آدمی زاد معلوم ہوتا ہے۔ لیکن یہ تو بڑا کمزور سا ہے۔ اس کی کیا حیثیت ہے؟ یہ سوچ کر شیر بچّہ چالاکی سے آگے بڑھا اور بڑھئی سے پوچھا۔

"کیوں بھئی! سچ بتاؤ! تم آدمی زاد ہو؟"

بڑھئی نے جواب دیا۔

"آدمی ہم تو ہیں پہ تجھ کو کیا
اس طرح تو جو پوچھتا ہے بھلا"

شیر بچّے نے کہا۔

"اے آدمی زاد! اکثر میرا باپ مجھ سے کہا کرتا تھا کہ بیٹا تو کسی سے نہ ڈرنا لیکن آدمی زاد کو اپنا جلاد سمجھنا۔ سو آج تجھے دیکھ کر باپ کی نصیحت غلط

معلوم ہوئی۔ تجھ میں تو مجھے ایسی کوئی بات نظر نہ آئی جو میں تجھ سے ڈروں۔"

شیر بچے کی یہ بات سُن کر بڑھئی نے جواب دیا۔

"یہ تو سچ ہے کہ ہماری کچھ حقیقت اور حیثیت نہیں، لیکن ہماری آدمیت بڑی چیز ہے۔"

شیر بچے نے ڈرتے ڈرتے کہا قطعہ

"تیری تو کچھ نہیں حقیقت ہے
لیک کیسی وہ آدمیت ہے
جس سے پیل و پلنگ و شیر دلیر
اس شجاعت سے لیتے ہیں مُنھ پھیر"

بڑھئی نے شیر بچے کی یہ بات سُن کر جواب دیا۔

"ہاتھ کنگن کو آرسی کیا۔ ذرا ٹھہر جا۔ ہم اپنی آدمیت کا کرشمہ ابھی دکھائے دیتے ہیں۔"

یہ کہہ کر بڑھئی نے اپنی کلہاڑی سے ایک درخت کا بڑا سا ٹہنا کاٹا اور اُسے بیچ میں سے آدھا چیر کر دو شاخا نُما، جس میں شیر بچے کی گردن آسانی سے آجائے، طوق سا بنایا۔ اور تب شیر بچے سے کہا۔

"اے شیرِ دلیر! آ، اِس سوراخ میں اپنا سر ڈال کر ہماری آدمیت کو دیکھ! پھر دیکھ کیا تماشا نظر آتا ہے۔"

شیر بچے کی جو کم بختی آئی تو اُس نے بڑھئی کی باتوں میں آکر دو شاخا نُما طوق میں اپنا سر ڈال دیا۔ بڑھئی نے پھُرتی سے طوق کے اوپری کھُلے ہوئے حصّوں کو مِلایا اور اُن میں ایک موٹی سی کیل ٹھونک دی، جس سے کہ شیر بچے

کی گردن کس گئی۔ شعر

"اور کہا تو تو بے حقیقت ہے
آدمی کی یہ آدمیت ہے"

غرض کہ شیر بچے نے بہت سر مارا لیکن طوق کے اندر سے اُس کا سر نہ نکلا۔ آخر کار بیچارا شیر بچہ سر پٹک پٹک کر مر گیا اور بڑھئی اپنے گھر کی طرف روانہ ہو گیا۔

گانے والی بکری

ایک کمزور و ناتواں بکری تھی۔ ایک بار یوں ہوا کہ وہ کمزوری کی وجہ سے اپنے گلّے سے پیچھے رہ گئی۔ بدقسمتی سے اُسی وقت ایک خونخوار بھیڑیے سے اُس کا آمنا سامنا ہوگیا۔ بھیڑیے کو دیکھ کر بکری بہت ڈری اور دل میں سوچنے لگی۔
"ہائے! یہ تو بڑا غضب ہوا کہ اِس وقت اِس خونخوار بھیڑیے سے سامنا ہوگیا۔ اب کیا کروں! اگر اِس وقت جان بچا کر بھاگنا بھی چاہوں تو مجھ سے اِتنا تیز بھاگا بھی کہاں جائے گا! بھیڑیا مجھ سے تیز بھاگے گا اور پَل بھر میں مجھے دبوچ لے گا۔ اب اگر چرواہے کو آواز بھی دوں تو یہ ظالم بھیڑیا بالکل قریب آن پہنچا ہے۔ جب تک چرواہا اِتنی دور آئے گا تب تک تو یہ بدبخت میری ہڈیاں چبا ڈالے گا"

کیا کروں ہائے کوئی بات نہیں بن آتی
مفت میں جان میری وائے ستم ہے جاتی

بکری کمزور تھی تو کیا ہوا، تھی تو عقل مند! اُس نے ایک ترکیب سوچی اور اپنی اس ترکیب سے خوش ہوتی ہوئی بھیڑیے کے قریب آئی اور بولی۔
"اے بھیڑیے! خوش ہو جا۔ خوش ہو جا۔ میں تیری ہی تلاش میں اِس ویران جنگل میں ماری ماری پھر رہی ہوں"

یہ عجیب و غریب اور انوکھی بات سُن کر بھیڑیے نے تعجب سے کہا۔
" اے کمزور و ناتواں بکری! تو کس وجہ سے میری تلاش میں ہے؟ کوئی بھی اپنے دُشمن کو دوستی سے تلاش کرتا ہے؟ یا کبھی ایسا بھی ہوا ہے کہ کوئی اپنی مرضی سے کنُویں میں گِرا ہو! اے دیوانی بکری تو اپنی نادانی کی باتوں سے میرے دل کو پریشان نہ کر۔"
بھیڑیے کی بات سُن کر بکری بولی۔
" اے شیروں کے شیر بھیڑیے! اور اے چیتا صفت بھیڑیے! تیری تلاش کا سبب یہ ہے کہ میرا گلّہ بان بڑا شریف آدمی ہے، ہمیشہ اس کی ذات سے لوگوں کو فائدہ پہنچتا ہے۔ وہ بڑا شریف اور دوست نواز آدمی ہے۔ آج اس نے مجھ سے کہا۔ اے میری پیاری بکری! میں اس جنگل کے بھیڑیے سے بہت خوش ہوں۔ وہ میرا بڑا یار ہے۔ کیونکہ اُس نے آج تک میرے گلّے کو کبھی تکلیف نہیں پہنچائی۔ سو اب میرا بھی فرض ہے کہ میں اپنے دوست کی اس مہربانی کا بدلہ چُکاؤں۔ سو میں نے سوچا ہے کہ اس کی دعوت کروں! اِس لیے تو میرے دوست بھیڑیے کے پاس جا اور اپنی جان نثار کر کے اس کی مزیدار غذا بن۔ تو اے میرے گلّے بان کے پیارے دوست بھیڑیے! میں اِس جنگل میں تجھے ڈھونڈتی پھر رہی ہوں؛ تاکہ تو میرے ذائقہ دار گوشت سے خوب پیٹ بھر کر سیر ہو سکے! سچ کہہ رہی ہوں! میری اِس بات کو تو چاپلوسی نہ سمجھنا۔ لیکن اے بھائی بھیڑیے! ایک بات اور ہے۔"
" وہ کیا بات ہے؟" بھیڑیے نے بہ اشتیاق پُوچھا۔
بکری نے کہا۔
" یہ تو طے بات ہے کہ تجھے میرا گوشت کھانے میں بڑا مزہ آئے گا۔ لیکن

مزے کی بات یہ بھی ہے کہ مجھے بڑا میٹھا اور رسیلا گانا بھی آتا ہے۔ بے شک تو بے گمان اس آن مجھے کھائے گا۔ لیکن میں چاہتی ہوں کہ تیرے کھانے کا مزہ دو بالا ہو جائے۔ پہلے میرے سُریلے گانے سے اپنے کانوں میں مٹھاس گھول اور پھر میرے چٹ پٹے گوشت سے اپنے مُنھ کے ذائقے کو نمکین کر۔ گانا سُننے سے تجھ پر جو سرور چھائے گا اور اس کے بعد مجھے کھلائے گا تو دوگنی لذت پائے گا۔ تو نے یہ مشہور مثل تو ضرور سُنی ہوگی۔

ایک تو کریلا کڑوا، دوسرے نیم چڑھا

یعنی ایک تو عالمِ سرور اور دوسرے گوشت لذیذ۔ یہ بڑی نادر بات ہے۔"

اس عقل مند بکری کی یہ بات سُن کر وہ گدھا بھیڑیا بولا۔

"اِس سے بہتر کیا بات ہے؟ نیکی اور پوچھ پوچھ۔"

غرض کہ بکری، اس بے وقوف بھیڑیے کو ایک ٹیلے پر لے گئی اور وہاں اُسے ایک طرف بِٹھا کر بلند آواز سے جو الاپی تو اُس کے چرواہے نے یہ آواز سُن لی۔ چنانچہ وہ بکری کی آواز کی سمت میں دَوڑتا ہوا اس ٹیلے پر آیا۔ چرواہے نے جو بھیڑیے کو دیکھا تو اپنا لٹھ اس زور سے پھینک کر مارا کہ بھیڑیے کا ایک پاؤں ٹوٹ گیا۔ بھیڑیا لنگڑاتا ہوا بھاگ کر جنگل میں جا چھپا اور گلہ بان اپنی اس کمزور و ناتواں لیکن عقل مند بکری کو بغل میں داب کر خوشی خوشی اپنے گلے میں لے آیا۔

انوکھی تقسیم

ایک مرتبہ کا ذکر ہے کہ کسی دولت مند شخص کے گھر ایک شام کوئی آدمی بہ طور مہمان آیا۔ وہ دولت مند شخص تھا مہمان نواز۔ اُس نے نہایت پُر تکلف کھانوں کا اہتمام کیا۔ دسترخوان پر قسم قِسم کے لذیذ اور ذائقہ دار کھانے، مُربّہ و اچار سمیت چُنے گئے۔ ان میں چار بھُنے ہوئے خوش ذائقہ سالم مُرغ بھی تھے۔ لیکن مشکل یہ تھی کہ کھانے والے دسترخوان پر پانچ لوگ تھے۔ ایک تو خود میزبان یعنی دولت مند آدمی، ایک اُس کی بیوی، دو اُس کے بیٹے، اور پانچواں یہ مہمان۔ دولت مند آدمی خوش مذاق بھی تھا۔ اُس نے اپنے اس معزز مہمان سے کہا۔

"اے عزیزِ باتمیز! کھانے والے تو ہم پانچ لوگ ہیں، پر یہ بھُنے ہوئے سالم مُرغ کُل چار ہیں۔ سو بھائی اِن چاروں مُرغوں کی ہم پانچوں میں اِس دانائی کے ساتھ تقسیم کر کہ کسی مُرغ کو کاٹنا بھی نہ پڑے اور چاروں کے چاروں ہم پانچوں میں تقسیم بھی ہو جائیں۔"

میزبان نے مہمان کے کہنے کے مطابق مُرغوں کی تقسیم کر دی۔ اس طرح۔

ایک مُرغ پلیٹ میں رکھ کر میاں اور بیوی کے آگے رکھ دیا اور کہا۔

"یہ ایک مُرغ تم دونوں کے حصے میں ہے۔"

ایک مُرغ اُس کے دونوں بیٹوں کے آگے رکھ دیا اور بولا۔

"یہ ایک مُرغ اِن دونوں کے لیے ہے"

بچے ہوئے دو مُرغ خود اپنے سامنے رکھے اور کہا۔

"یہ دو مُرغ میرا حصّہ ہیں"

میزبان نے جو یہ انوکھی تقسیم دیکھی، تو اُسے بڑا غصّہ آیا۔ دل میں بہت کُڑھا۔ لیکن مہمان سے کچھ کہہ بھی نہیں سکتا تھا، پھر بھی دبی زبان سے اِتنا بولا۔

"کیوں بھئی! تو نے یہ کیسا حصّہ کیا کہ خود اکیلے نے تو دو مُرغ لیے اور ہم چار آدمیوں کو صرف دو مُرغ دیے۔ قطعہ

منصفی اپنے دل میں آپ تو کر
ایسی تقسیم ہے کہیں بہتر؟
غیر کو کیا غضب ہے کم دیجے
ہاتھ سے اپنے خود بہت لیجے"

میزبان کی یہ بات سُن کر مہمان خفگی سے بولا۔

"اے نافہم! سمجھ تو سہی۔ تم میاں بیوی اور یہ ایک مُرغ، تین پورے ہوئے یا نہیں۔ یہ دو بھائی اور ایک مُرغ، تین ہوئے کہ نہیں۔ اور، میں تنِ تنہا اور یہ دو مُرغ، یہ بھی تین ہوئے کہ نہیں۔ سو بھائی! حساب برابر۔ کم نہ زیادہ۔ اِس سے صحیح، برابر اور منصفانہ تقسیم اور کیا ہو سکتی ہے۔ تو نے خواہ مخواہ مجھے قصوروار جانا اور ناانصافی کا الزام مجھ پر رکھا"

میزبان بے چارہ لاجواب ہو کر خاموش ہو رہا۔

تین سوال، ایک جواب

ایک بڑا پہنچا ہوا درویش تھا۔ اُس کے پاس ایک ایسا شخص آیا جو خُدا اور خُدا کی بتلائی ہوئی باتوں پر شک کرتا تھا۔ اُس نے اُس پاک دل بُزرگ سے کہا۔

"اے درویش ہیں تیری خدمت میں تین بڑے ٹیڑھے سوال لایا ہوں، ان کا جواب دے تو جانوں۔ پہلا سوال تو یہ ہے کہ سب لوگ کہتے ہیں کہ خُدا ہر جگہ حاضر و ناظر ہے، مگر مجھے تو کسی جگہ دکھائی نہیں دیتا۔ اگر خُدا ہے تو مجھے میری آنکھوں سے دِکھا۔ دوسرا سوال یہ ہے کہ' انسان خُدا کا بندہ ہے' وہ خود کچھ نہیں کرتا، جو کچھ کرتا ہے، خُدا کرتا ہے، انسان تو کمزور و ناتواں ہے، حق تعالیٰ کی قدرت و طاقت اور اُس کے ارادے کے بغیر انسان کوئی کام نہیں کرسکتا، جب یہ بات ہے تو پھر انسان کو جُرم اور قصور کی سزا کیوں دی جاتی ہے۔ تیسرا سوال یہ ہے کہ سُنا ہے کہ اللہ تعالیٰ شیطان بے ایمان کو سزا دینے کے لیے دوزخ میں ڈالے گا۔ یہ عجیب بات ہے! دوزخ کی آگ اس سرکش کو کیوں کر عذاب دے گی جبکہ وہ خود آگ کا بنا ہوا ہے۔ بھلا آگ بھی کہیں آگ کو جلا سکتی ہے؟"

درویش نے جو اس دہریے کی یہ بات سُنی تو مُنھ سے تو کوئی جواب نہ دیا البتہ ایک بڑا سا ڈھیلا اُٹھا کر اُس کے سر پہ مار دیا۔ مُنھ سے پھر بھی کچھ نہ بولا۔ خاموش ہی رہا۔ وہ شخص روتا پیٹتا اور بلبلاتا ہوا قاضی کے پاس گیا اور درویش کی شکایت کی

"میں نے فلاں ظالم درویش سے تین سوال کیے تھے، پر اُس نے ان کا جواب اِس طرح دیا کہ مارے دردِ سر کے میرا بُرا حال ہے"

قاضی نے اُس درویش کو بُلواکر کہا۔

"اے پاک دل بُزرگ! تُو نے اِس بے قصور کو ڈھیلا کیوں مارا۔ دیکھ تو سہی درد کے مارے اِس کی جان نکل رہی ہے۔"

اِس کے جواب میں وہ بُزرگ درویش بولا۔

"وہ ڈھیلا اِس کے سوالوں کا جواب تھا، لیکن یہ نہیں سمجھا، نہیں تو پتھر کا ہوجاتا، یعنی اِس کو چوٹ اثر نہ کرتی اور بُت کی طرح چُپ ہو رہتا۔ اے قاضی! اِس کے پہلے سوال کا جواب یہ ہے کہ اِس سے پوچھیے کہ سر کے درد کی کیا صورت ہے؟ اور کیسی ہے؟ اور وہ کہاں سے آتا ہے کہ اُس کی وجہ سے اس کا ناک میں دَم ہے۔ اگر یہ اپنے دردِ سر کی شکل مجھ کو دکھلا دے تو میں بھی اِس کو خُدا دِکھا دوں۔ اِس کے دوسرے سوال کا جواب یہ ہے کہ، اِس نے کہا کہ جو کرتا ہے، خُدا کرتا ہے، اُس کی مرضی کے بغیر کچھ نہیں ہوتا۔ تو پھر اِس سے پوچھیے کہ یہ میری شکایت آپ کے پاس کیوں لایا؟ وہ تو جو کچھ کیا اللہ تعالیٰ نے کیا، مجھ مجبور کا کیا قصور؟ اِس کے تیسرے سوال کا جواب یہ ہے، کہ اِس کا کہنا ہے کہ دوزخ کی آگ شیطان بے ایمان کو کس طرح عذاب دے گی جبکہ وہ خود آگ کا بنا ہوا ہے۔ پس! اگر یہ بات ہے تو پھر مٹی کے ڈھیلے سے اِسے کیوں تکلیف ہوئی۔ یہ بھی تو مٹی کا بنا ہوا ہے۔"

بُزرگ درویش کی یہ دلیلیں سُن کر قاضی بھی لاجواب ہوگیا۔

کپڑوں کی دعوت

ایک عقل مند آدمی تھا۔ وہ بہت غریب تھا۔ قسمت کا مارا، وہ تباہ حال قسمت آزمانے کے لیے اپنے شہر کو چھوڑ کر کسی دوسرے شہر میں آیا۔ اُس نئے شہر کے لوگوں کو اس کا حال معلوم ہوا تو انھوں نے اُس سے کہا۔

"اے عزیزِ باتمیز! تُو ایک کام کر۔ اِس شہر میں ایک بڑا دولت مند آدمی ہے۔ وہ بڑا نیک اور خُدا ترس ہے۔ شہر بھر میں اس کی سخاوت کے چرچے ہیں۔ ایسا سخی کہ حاتم طائی بھی اس پر رشک کرے۔ تو بِلا تکلف اور بے خوف وخطر اُس کے پاس چلا جا۔ تیری تنگ دستی اُس کی دریا دِلی سے دور ہو جائے گی۔"

اُس غریب آدمی نے جب اُس امیر کی اِتنی تعریف سُنی تو بڑی اُمّیدوں کے ساتھ وہ اُس کے پاس گیا۔ لیکن جاکر کیا دیکھتا ہے کہ وہ دولت مند تو بڑا ظاہر پرست اور مغرور ہے۔ اِس بے نصیب غریب کا اُس نے ذرا بھی خیال نہ کیا۔ نہ بات پوچھی۔ نہ اُس کی بات سُنی۔ یہاں تک کہ اُسے اپنے پاس بیٹھنے تک نہ دیا۔ وہ غریب بے چارہ بہت شرمندہ ہوا اور نہایت ندامت سے کسی مسجد میں جاکر سوگیا۔ پر تھا وہ بھی بڑا دُھن کا پکّا۔ اُس نے ایک دن کیا کیا کہ، نہایت عمدہ، پاک صاف اور قیمتی کپڑے کہیں سے کرایے پر حاصل کیے اور اُنھیں پہن کر پھر اُس ظاہر پرست نو دولتیے کے یہاں گیا اور

نہایت شائستگی اور تہذیب کے ساتھ اُس کے قریب بیٹھ گیا۔ وہ امیر اب کی بار اس سے بڑے احترام اور محبت سے پیش آیا۔ اس کی خوب خاطر مدارات کی۔ عمدہ عمدہ، ذائقہ دار کھانے دسترخوان پر چُنوائے۔ بے چارے غریب آدمی نے اُن خوشبودار اور خوش ذائقہ کھانوں کو کھانے کے بجائے ایک عجیب حرکت کی۔ اُس نے کھانے کے لُقمے مُنھ میں رکھنے کے بجائے، اپنی قمیص کی آستین میں رکھنے شروع کر دیے۔ صاحبِ خانہ نے جو اُس کی یہ عجیب حرکت دیکھی تو برہم ہو کر کہنے لگا۔

"اے عزیزِ بے تمیز! اپنا لباس کھانے سے ستیاناس کیوں کرتا ہے؟ یہ کھانا، اے دانا! کھانے کے واسطے ہے، کپڑے خراب کرنے کے لیے نہیں"

امیر کی یہ بات سُن کر اُس غریب نے جواب دیا۔

"اے عزیزِ بے تمیز! میری بات غور سے سُن اور سمجھ! اُس روز میں پھٹے حالوں تیرے پاس آیا تھا تو تو نے ذرا بھی توجہ نہ کی۔ آج یہ محتاج اچھے اور پاک صاف کپڑے پہن کر تیرے قریب آکر بیٹھا تو تو نے اِس قدر تکلف کیا کہ جس کا بیان کرنا مشکل ہے۔ تو یہ کھانا، اے دانا! میرے لائق نہیں ہے، جس کے واسطے ہے میں اُس کو کھلا رہا ہوں۔"

یہ بات سُن کر وہ نادان امیر اپنے دل میں بہت شرمندہ ہوا۔

اپنی قضا نہ جانی

ایک دفعہ کا ذکر ہے کہ ایک بادشاہ نے ایک نجومی سے پوچھا۔

"اے ستارہ شناش! دیکھ تو ذرا میں اِس دُنیا میں کب تک زندہ رہوں گا اور کب مجھے مَوت آئے گی؟"

نجومی نے کچھ حساب لگا کر جواب دیا۔

"عالم پناہ! علمِ نجوم کی رو سے معلوم ہوتا ہے کہ آپ تیس برس اور جئیں گے۔ یہ بالکل سچّی بات ہے، اِس میں ذرّہ برابر جھوٹ نہیں۔"

یہ دل شِکن بات سُن کر بادشاہ بہت ملول ہوا۔ تیس سال بعد آنے والی مَوت کے خوف نے، دو چار روز ہی میں اُسے نڈھال کر دیا۔ اِس قدر کمزور ہو گیا کہ مہینوں کا بیمار لگنے لگا۔ بادشاہ سلامت کا یہ حال دیکھ کر ایک دن وزیر نے پوچھا۔

"عالم پناہ! کئی روز سے یہ غُلام آپ کو نحیف و نزار دیکھ رہا ہے۔ آخر اِس کا سبب کیا ہے؟ اِس موروثی غُلام کو اگر کچھ معلوم ہو تو کچھ تدبیر کی جائے۔"

اپنے اس وفادار اور نیک دل وزیر کی یہ بات سُن کر بادشاہ ملول ہو کر بولا۔

"اے وزیر صاحبِ توقیر! کچھ نہ پوچھ شعر

میں پُرغم اِس لیے بُلبل صفت دن رات نالاں ہوں
کہ باغِ دہر میں گُل کی صفت کچھ دن کا مہماں ہوں"

وزیر نے بادشاہ کی آنا کانی ایک نہ چلنے دی، اس سے مسلسل اصرار کرتا رہا کہ بادشاہ اپنی اِس حالتِ زار کی وجہ ظاہر کرے۔ آخر کار بادشاہ نے نہایت ملول اور افسردہ ہوکر کہا۔

"اے وزیرِ دل پذیر! میری زندگی کے اب صرف تیس برس باقی ہیں۔ اِسی وجہ سے اب میرا دل مَوت کے قریب نظر آتا ہے۔"

"خُداوندِ نعمت! آپ کو کیوں کر یقین ہوا؟" وزیر نے پوچھا۔

"فلاں نجومی نے علمِ نجوم کے حساب سے بتایا ہے۔" بادشاہ نے جواب دیا۔

وزیر یہ سُن کر بولا۔

"جہاں پناہ! اُس نجومی کو غُلام کے روبرو تو بُلوائیے ذرا، تاکہ ہمیں بھی تو معسوم ہو کہ وہ یہ سب کِس حساب سے بتاتا ہے۔"

غرض کہ وزیر کے اصرار پر بادشاہ نے اُس نجومی کو طلب فرمایا۔ وزیر نے اُس سے پوچھا۔

"اے نجومی، جنونی! بادشاہ سلامت کی زندگی کی مُدّت تو نے ہی بتائی ہے؟"

"میں کیا کہتا ہوں! علمِ نجوم سے یہی معلوم ہوتا ہے۔" نجومی نے جواب دیا۔

نجومی کی یہ بات سُن کر وزیر نے پھر کہا۔

"تیرا بچن اگر ٹھیک ہے، تو سچ سچ بتا کہ خود تیری زندگی میں اب کِتنے برس باقی ہیں؟"

وزیر کا یہ سوال سُن کر نجومی نے اُنگلیوں پر کچھ حساب شمار کر کے جواب دیا۔

"اے وزیرِ دل پذیر! اِس دُنیا میں میری زندگی ابھی دس برس اور باقی ہے.
اِس عرصے میں اگر کوئی مجھے مارنا بھی چاہے گا تو بھی نہ مروں گا۔"

وزیر نے نجومی کی یہ بات سُنتے ہی، میان سے چمک دار تلوار نکالی اور اِس زور سے اُس کی گردن پر ماری کہ آن کی آن میں سر کٹ کر قدموں میں آ گرا اور دیکھتے ہی دیکھتے نجومی تڑپ تڑپ کر مر گیا۔ نجومی کو یوں موت کے گھاٹ اُتار کے وزیر نے بادشاہ سلامت سے کہا۔

"دیکھیے خداوند نعمت! اِس کم بخت کو اپنی تو موت کا کچھ علم نہ تھا۔ پھر اُسے دوسرے کی زندگی کی مُدّت کیا معلوم ہوگی۔"

یہ عجیب و غریب تماشا دیکھ کر بادشاہ کی آنکھیں کُھلیں۔ اُسی دَم اُس نے اپنے دل سے ایسے سارے اندیشے نکال دیے اور ہنسی خوشی زندگی گزارنے لگا۔

سو سُنار کی، ایک لوہار کی

ایک دفعہ کا ذِکر ہے کہ ایک بادشاہ اپنے محل کے دریچے میں بیٹھا راہ گیروں کو آتا جاتا دیکھ رہا تھا۔ یکایک اُس کی نظر دریچے کے نیچے جو پڑی تو دیکھا کہ ایک شخص ایک مُرغ اپنے ہاتھ میں لیے کھڑا ہے، اور بادشاہ کو دِکھا رہا ہے۔ بادشاہ نے اُس سے پوچھا۔

"اے عزیزِ بے تمیز! یہ مُرغ تو نے اپنے چُنگل میں کیوں پکڑ رکھا ہے؟"
اُس آدمی نے جواب دیا۔

"جہاں پناہ! کیا بتاؤں! میں ایک مُرغ باز ہوں! مجھے مُرغوں کی پالیاں لڑانے کا بڑا شوق ہے۔ اِس مہینے میں میرا مُرغ کئی پالیاں ہار گیا تھا۔ اِس بات کو میں نے اپنی بد قسمتی سمجھا۔ اِس لیے میں نے آج یہ حرکت کی کہ مُرغ کو اپنے بجائے آپ کی طرف سے بازی لگا کر لڑایا۔ سو آپ کی بلند اقبالی کے سبب میرا مُرغ پالی جیت گیا۔ سو، عالم پناہ! بازی کی جیت کا یہ مُرغ میں آپ کے حضور لے کر حاضر ہوا ہوں۔ اس ناچیز کو قبول کیجیے۔"

بادشاہ نے بھی سوچا، جو مال مُفت ہاتھ آئے تو بُرا کیا ہے۔ مثل مشہور ہے۔

"مفت کی شراب قاضی بھی پی جاتا ہے"

سو، بادشاہ نے وہ مُرغ بے تکلف اُس راہ گیر سے قبول کر لیا۔

دو چار روز بعد وہ آدمی پھر بادشاہ سلامت کی خدمت میں حاضر ہوا۔ اِس بار وہ ایک بکری لے کر آیا اور بولا۔

"عالم پناہ! یہ بکری بھی میں نے آپ کے نام نیک انجام پر بازی میں جیتی ہے، اِس کو بھی باورچی خانے میں بھجوا دیجیے۔"

بادشاہ نے وہ بھی مالِ مُفت سمجھ کر لے لی۔ چند روز بعد وہ چالاک آدمی بادشاہ کے پاس پھر آیا۔ اِس بار اُس کے ہمراہ ایک کالا بھجنگ آدمی تھا۔ اُس نے کالے آدمی کی طرف اِشارہ کرتے ہوئے بادشاہ سے کہا۔

"عالی جاہ! میں اِس بدخصلت آدمی سے آپ کے نام پر دو ہزار روپے کی بازی لگا کر چوسر کھیلا تھا، سو ہار گیا۔ حضور! دو ہزار روپے خزانۂ خاص سے عنایت کیجیے تاکہ غلام اِس پاجی کے چُنگل سے نجات پائے۔"

بادشاہ اُس کی یہ واہیات بات سُن کر مسکرایا اور دل میں کہنے لگا۔

'یہ ہوئی سَو سُنار کی، ایک لوہار کی۔ یعنی آج اِس نے اچھی چوٹ دی۔'

مرتا کیا نہ کرتا، ناچار بادشاہ نے اُس کو دو ہزار روپے دِلوائے اور کہا۔

"اے عزیزِ بے تمیز! اب جو کچھ ہوا سو ہوا، گئی باتوں کا اب کیا ذکر، لیکن یاد رکھ! میرے نام پر اب کسی سے بازی نہ لگانا۔"

دیگر چار حصے

نورتن کہانیاں

مصنف : شمیم احمد

بین الاقوامی ایڈیشن جلد منظر عام پر آ رہے ہیں